Mrs. 함무라비

소금북 시인선 · 16

Mrs. 함무라비

ⓒ최수진, 2023. printed in Seoul, Korea

초판 1쇄 인쇄 2023년 09월 18일
초판 1쇄 발행 2023년 09월 22일

지은이 | 최수진
펴낸이 | 박옥실
디자인 | 유재미 정지은

펴낸 곳 | 소금북
등록 | 2015년 03월 23일 제447호
발행 | 강원도 춘천시 행촌로 11, 109-503 (우-24454)
편집 · 인쇄 | 서울시 중구 퇴계로50길 43-7 (우-04618)
전자주소 | sogeumbook@hanmail.net
구입문의 | ☎ (070)7535-5084, 010-9263-5084

ISBN 979-11-91210-18-7 03810

값 12,000원

강원
특별자치도 강원문화재단

· 이 시집은 강원특별자치도 강원문화재단 청년예술인지원사업
  지원금으로 발간되었습니다.

소금북 시인선 · 16

Mrs. 함무라비

최수진 시집

소금북
sogeumbook

　살면서 한 번쯤은 나만의 공간을 가지고 싶을 때가 있다. 그 공간은 아예 동굴이거나 혹은 창작을 할 수 있는 작업실, 때로는 편히 쉴 수 있는 침실 등의 여러 형태로 존재할 수 있다. 평소 드는 복잡한 생각을 하나의 글로 엮어내기 위해서는 이렇게 특정한 공간이 필요하다. 그러나 쉽게 발견한 곳은 쉽게 적응되고 그렇게 나는 타성에 쉽게 젖어갈 것이라는 굳은 믿음에 사로잡히게 된다. 그럴 때는 아주 먼 곳을 향하여 떠나보는 상상을 한다. 그곳이 비록 현실에서는 존재하지 않는 장소라고 하더라도 상상의 나래를 펼치다 보면, 이미 나는 하나의 제국을 건설하여 당신을 불러올 능력까지 갖춘 강력한 존재가 될 수 있다.

　가슴 저편에서 깊숙이 우러나오는 우울감은 파괴력과 원숙미를 동시에 갖췄기에 시를 지을 수 있는 멋진 도구가 된다. 말은 입 밖에서 끝나기 때문에 그게 두려운 나는 문자 속에서 살아야 한다는 사실을 운명으로 받아들이고 있다. 나의 대륙 아티카(아틀란티스)는 그렇게 해서 태어났다. 이 공간에는 절대 선(善)도, 절대 악(惡)도 없다는 소소한 믿음 속에서 서로 간의 적절한 조화를 이루길 바라고 있다.

꽤 여러 해 동안 생각의 페이지를 혼자만의 시간으로 채워왔다. 이제는 누군가와 즐겁게 소통하고 싶다는 마음뿐이다. 누구든지 마음의 저 밑바닥에는 주인 없는 곳이 한 조각쯤은 있지 않을까? 미리 걱정하지 않아도 된다. 나의 제국에서는 성별과 계급, 나이 제한이 없으니 언제든지 문을 두드려도 좋을 것이다.

『Mrs.함무라비』는 바로 나의 이야기다. 떨리는 목소리로 떠듬거리며 당신에게 고백하는 편지이다. 이 편지를 고이 접어서 수없이 많은 당신의 마음에 가닿기를 진심으로 바란다. 나는 우둔한 자라, 게으른 베짱이임과 동시에 많은 것이 부족한 사람이다. 그러나 나의 인내와 끈기로 당신을 나의 사람으로 만들 수만 있다면 천금이라고 한들 내게 어떤 의미가 있을까?

말이 많은 사람이 아닌데, 글로 적으니 수다쟁이가 된다. 나는 당신에게 좋은 의미가 되고 싶다. 내게로 온 당신은 좋은 사람이다.

2023년 어느 가을, 최수진

| 차례 |

| 시인의 말 |

제1부 전파 사냥꾼

제2부 내일의 날씨

제3부 달을 모독하다

제4부 유리잔 밖 풍경

작품해설 | 박해림

제 **1** 부

전파 사냥꾼

오로라

나인이 전하의 발치에서 곤룡포를 받아들고
화등잔 심지를 훅 불어 끄면
노란빛 붉은빛의 비단에 똬리를 틀고 앉은 용이
오래도록 침수 드는 밤

카타르시스

좀비가 순결한 나를 문다
나의 영역 밖에서 똬리를 틀고 있던 그것은
나슨해진 문화, 그 틈으로 나를 공격해왔다
공포가 서린 시뻘건 눈동자를 하고는
저 무례한 아가리가 내 목을 물어뜯을 때
나의 의지도 함께 무너져 내렸다
파괴된 나의 소우주
검은 피를 쏟아내며 멀어져가는 의식 속에서도
왠지 나는 미련이란 사탕 껍질 속에 둘러싸인 듯했다
성곽 너머로 즐비한 그들의 성대한 향연
좀비가 물어 좀비가 되는 좀비가 되는 좀비
쉿, 감성을 읽은 자는 살아남지 못한다
좀비여, 나를 좀만 더 소중하게 다뤄다오
너라는 고정 관념에 사로잡힌 나를 깨끗이 버릴 수 있게

인류애 보고서

회장님께 보고드립니다

최근 들어 회사 분위기가 심상치가 않습니다
영업팀끼리 1년 넘게 과열 경쟁하고 있는 건 아시죠?
미사일이니 포탄이니 하면서 모든 것을 학살하고 있죠
경영지원팀은 무기를 지원하면서 계산기를 두드려대고
마케팅팀은 요리조리 실익을 따져 홍보에 미쳐 있어요
그래서 그런지 재무팀은 요즘 정말 죽을 맛이랍니다
경제가 깎아지른 절벽을 가까스로 넘어가고 있거든요
식량은 바닥을 기고 에너지 가격은 뛰어오릅니다
파괴된 자연은 갈비뼈를 앙상하게 드러내고 있습니다
모두가 이념에 마취된 듯 도취하고 있어요
이 독을 말끔히 긁어내 줄 현명한 이가 필요합니다
흘러넘치는 인류애를 가진 인재가 중요합니다
그리하여 이번 인사팀 채용에 이 사람을 추천합니다

대화의 기술

입술은 붙었다 떼어지기를 반복하며 쉴 틈 없이 언어들을 낳고 있었어

그렇지, 퉁퉁 불은 만삭의 몸으로는 매분 매초를 견디기 어려웠을 거야

단단한 혀뿌리에 말려들지 않고도 뜨거운 날숨에 데어 죽지 않고도

언어는 이 요지경 세상 밖으로 치즈 팝콘처럼 튀어나오게 되어 있단다

화덕에 구워 쫄깃한 자음과 맑은 물에 금방 데쳐 아삭한 모음이 뒤섞이면

수면 위를 참방거리며 비상하는 저 수많은 은빛 연어들이 되는 거야

아이야, 거무죽죽하게 말라버린 수풀을 지나 나의 아마존을 찾아줘

너에게선 싱그러운 향기가 나고 나의 연어는 퍼석해서 먹을 수가 없어

따스한 온도와 매력적인 습도에 내 지느러미가 말랑하게 녹

아내려

　아아, 한계점에 다다른 걸까? 내 귀에 꽂힌 생동하는 너의 화
살에 홀려

　나는 솔선수범하는 자세로 밥값을 내고 커피를 살 테지

서투른 어른

봄기운 물씬 담아내려 찾은 남이섬
한낮에는 따끈한 햇살이 내리쬐고 있습니다
사랑하는 이의 팔짱을 끼고 메타세쿼이아 길을 걷습니다
영화화면 속 두 개의 그림자가 만든
떨림을 재연해봅니다

꽃비가 흩날립니다
우리는 열심히 페달을 밟습니다
산들바람이 젖은 이마를 식혀줍니다
네 발과 네 개의 바퀴가 정체된 시간을 굴립니다

참새, 오리, 공작, 타조들이
손님맞이에 분주합니다
방목되어 자유스러운 그들은 누구에게나 친절합니다
찰칵찰칵 셔터 소리 지나간 뒷자리가 점차 흐트러집니다
젖먹이 아가의 배시시 웃음도
덩달아 벙글어집니다

달콤한 유희 후에 즐기는 커피 한 잔
오늘의 추억이 담긴 흑백 필름을 되돌려봅니다
나는 자작나무 숲속의 하얀 요정이 되었습니다
싱그러운 향기를 가득 훔친
내 마음이 오래도록 떨립니다

강바람이 밀어주는 유람선을 끝으로
겨우 어른이 된 내가 소풍을 마쳤습니다
나는 이제 막 세상을 향한 눈을 뜨기 시작했습니다
소녀의 눈으로 바라보았던
소소한 풍경은 이제
노련하고 정제되고 고상하게
한 발짝 더 깊어지기 시작했습니다
나는 이제 서투른 어른입니다

무소유

지금부터 나는 돌덩어리다

침대 위를 누비며 살을 섞던 어제와 결별하고
나는 딴딴한 너럭바위가 될 것이다

돌을 안다는 건, 무릇 도(道)를 안다는 것
섬사람의 오메기떡 같은 그것
뭍사람의 쑥떡 같은 그것
발에 여럿 차이지만 무수한 말을 끌어안는다

그리하여 나는 암석이 될 것이다
거친 언어를 뿜어내지 않는
시시콜콜한 담론을 쏟아내지도 않는
농염한 날씨처럼 성숙한 감각의 결정

내 한 몸, 그 팽창하는 입자를 전부 갈아서
한없이 움츠러든 자아에 덩어리째 붙여내면

나의 세계는 그 광물처럼 굳건해질 것이다

나는 입을 갖지 않고도 숫제 평온한
저 예술 작품이 될 것이다

걸리버의 선인장

내 발바닥은 크오
어디든 갈 수 있소

건기에 접어들면
나는 부챗살을 흔들며
호기롭게 가죽끈을 맬 테요

먹종이 아래 밴 여행의 향기를 따라
푸르른 대양 위 갈매기의 항적을 따라
앞서거니 뒤서거니 나아갈 것이오

설화 속의 꺽다리와 땅딸보
석양이 지지 않는 영원한 제국을 세운
무의식 가운데서 뜨겁게 피어난 철학자들이라오
나는 랍비들로부터 이성의 힘을 배울 테요
그것은 끌림보다 더욱 중요한 것이라오

사유가 끝나는 우기로 접어들면
나는 눈물을 담뿍 머금고
호젓하게 내 흔적을 남길 테요

내 발바닥은 견고하오
언제든 갈 수 있소

철학관에 간 피에로

태초에 슬픔이 있었네
이집트의 협곡과도 같은 두 눈물주머니
그곳에 담긴 아주 신비로운 고대의 유물이었어

자, 가만 좀 있어 보게
자네는 모월 모일 모시에 태어난 피에로
자네의 육십갑자 십이지를 찬찬히 살펴봐야지
쯧쯧, 삼재가 끼었군
그 어두운 낯빛을 보아하니 꼭 올해가 그렇더군
이 양반아, 자네는 절대로 웃으면 안 돼
나쁜 기운이 몰려오니 옷차림도 수수하게 하라고
그래 그렇지
그렇게 희고 검게 분칠하란 말이야
붉은 입술은 표정을 읽을 수 없게 만들어둬

다음은 음양오행을 볼 차례지
그대여!

자네 가슴 속 품은 생각이 무언지 내게 말해주오
갈고리 눈썹과 새까만 눈동자에 걸린
누구도 알 수 없도록 속으로만 삭였을 그 꿈을
그래 좋아
자네는 참 익살스러운 면이 있군
그렇게 우스꽝스러운 행동으로 나를 겁준다면
나 역시 합당한 처방을 내려줘야지

명심해, 부디 이 세상을 오래도록 밝혀주게
구슬은 꼭 박물관에 모셔두라고

연극이 끝난 뒤

연극이 끝나면
나는 철저히 홀로 남겨지곤 해

그날의 함성을 한 스푼 집어넣고
뜨거운 외로움을 홀짝거리던 나는 마치
불 꺼진 무대 아래의 웅크린 너구리와 같아

땀에 전 셔츠를 벗어 던지고 머리에 붙은 꽃가루를 털어내면
아-에-이-오-우를 같이 연습한 나의 동지들도 온데간데없지
오히려 짜릿한 순간인걸
나는 가식의 말로가 무엇인지 잘 알고 있어
그것은 저 교활한 토끼의 뻘건 혓바닥이야
그것은 저 젠체하는 개미의 꺼먼 발바닥이야

즐거운 연극이 끝났으니
나를 구속하던 모든 것들에 감사해야지

아슬아슬하게 휘늘어진 종말이 슬로 모션으로 지나가네
휘익, 휘파람을 불며 커튼콜을 외치는 관객들 틈 속에서
나는 가면을 벗고 이 봄을 오래도록 만끽했어

몰랐니?
나는 원래 우둔한 자라야
나는 원래 게으른 베짱이야

전파 사냥꾼

내게 들키기만 해 봐라
네 머릿속 커다란 어항 안의 젤리피쉬

방랑시인 김삿갓의
두루마기 자락처럼 흐늘흐늘
물리학자 아인슈타인의
낙서 한 구절같이 올랑올랑

물결을 말리고 걷어 들이는 세탁반장
21세기의 등불을 매달고
굽이쳐 흐르는 시공간에 온몸을 맡겨
태초의 역사를 감추고 있는 것처럼

너, 내게 들키기만 해 봐라
나는 전파를 이리저리 뒤흔드는 사냥꾼
이토록 본능적일 순 없어
애송이 플랑크톤인 너에게

청량음료 같은 독소를 선물할 거야

만리장성을 거슬러 올라가면
우린 같은 유전자로 이뤄져 있대
맑고 투명한 에메랄드빛 DNA
헌데 덫에 걸린 건 네가 아니라 나잖아!

하여간 고 깜찍하고 말랑한 생각들
내게 들키기만 해 봐라
네 머리 위로 싱싱하게 물오른 꽃송이들
뼈째로 꿀꺽 삼켜버릴 테니

J사감과 러브레터

책은 죽었습니다
사실은 글이 죽었습니다
아니, 더 정확하게는 시가 죽었습니다
죽은 시 안에 당신이 삽니다

달콤한 시를 쓰고 싶었습니다
그러나 적어도 나는 이 순간 달콤해지질 않습니다
당신이 그 안에 있기 때문입니다

나는 당신의 방을 지키는 문지기입니다
이 시에는 울 밖에서 포효하는 사자가 있습니다
돌고래도 있고
얼룩말도 있고
우리는 늙어가고 있습니다

생각이란 일시적인 것으로 낙서가 필요합니다
그러나 손가락에는 질서가 있습니다

그것의 감각은 깨어있으나 단정하여 말할 수 없습니다
의식은 또 다른 의식을 낳습니다
그러니 이제는 시를 써야만 합니다

나는 자기연민에 쿡 박혀서 헤어나올 수 없습니다
그러니 언제고 방문을 똑똑 두드려주세요
나는 당신이 이 시를 뚫고 나오길 기대하고 있습니다
나를 알아봐 주길 바라고 있습니다
한 번도 본 적 없는 해맑은 미소를 되찾길 기대합니다

오, 나의 구원자여!
시가 달콤하지 않아서 미안합니다
그저 연대기가 짧아서 그럴 뿐입니다
눈물 속에서 당신과 죽은 시와 나의 미래를 그려봅니다

마음에 닿다

안내방송 드립니다 곧 항공기가 이륙합니다
탑승객께서는 좌석에 앉아 모두 안전벨트를 착용해주시고
짐들은 떨어질 염려가 있는지 확인해주시길 바랍니다

아울러 모든 전자기기를 그림자 모드로 바꿔서
누군가의 마음에 내려앉을 때 드는 고민을 차단해주십시오

간혹 깜빡하는 사람이 있습니다
더러 웃고 넘어가는 사람이 있습니다
너울이 큰 전파 신호는 마음의 생태계를 교란해
우리를 난기류에 빠트리기도 합니다

달의 뒤편, 그 드리워진 검은 그늘에 가 닿더라도
절대 두려워하지 마세요
태양이 존재하는 한
눈코입이 없는 허수의 존재로
묵묵히 지탱하여 주기를 바랍니다

저기, 주인 없는 섬 한 자락이 넓게 펴져 있군요

착륙을 시도하겠습니다

석류

정어리 한 마리 샬레에 몸을 뉘자
잘게 쪼개진 붉은 아가미를 관찰합니다
그것은 힘차게 펄떡거립니다

"프로메테우스, 어서 간을 내어놓으세요"

판도라 여인이
작은 핀셋으로 미세한 떨림을 증폭시키자 불규칙한 리듬을
타며
비커 안으로 흐릅니다

배를 갈라 터져버린 알들을 가득 물고
사랑의 세레나데를 연주합니다
가슴이 열리고 심장에는 루비 보석들이 반짝거립니다
알알이 박힌 당신을 훔쳐요
우아한 소리를 못내 미안합니다
거침없이 그대의 정신을 탐합니다

당신을 시험에 들게 하는건
이제 혼란스럽기까지 합니다

물살을 가르며 즐거운 환생을 기리자
내 머릿골에서 깨어나는 당신의 지느러미입니다
그대와 내가 융합 반응을 일으켜
탐욕이 소멸하고 순수가 남아요
짙푸른 바다 속 어딘가에
알알이 잠겨있던 증류된 진실은
이제 쩍 벌어진 현실 밖으로 나와
나의 잃어버린 정염을 깨워줍니다

아하, 당신이 왜 그리 붉은지
알알이 불뚝거리는지
이제 조금은 알겠습니다

모래시계

모래의 시간은 0으로 수렴된다

바늘귀를 타고
소로록 흘러내려 분분히 흩어지는
동백 꽃잎들

부딪고 부딪치며 잘게 일렁이는
보드라운 젖가슴
그 무덤

한 톨도 남김없이 떠난 빈집
기침 한 첩을 진득하게 달이던
그녀의 온기가 허리를 감싼다

다시
수레바퀴가 돈다

한없이 낮은 바닥에 드높은 산
그 어깨를 딛고 다시 흘러
영겁의 시간으로

노을 셰이크

하늘 정원에 가면 늘 들르는 찻집이 있다
때는 문전성시라 눈길을 잘 살펴야 하지만
운이 좋으면 좋은 자리를 독점할 수 있으니
난 다닌 지가 벌써 여러 해인 단골손님이다

그 찻집은 촘촘한 구름 울타리에 둘러싸여 있다
따로 낸 문과 창은 없는데 아늑한 느낌이 훌륭하다
찻집 사장님은 주머니 사정이 안 좋을 때면 시무룩하지만
거기서 일하는 아르바이트생이 붙임성이 좋다
특히 소녀가 직접 만들어주는 노을 셰이크가 정말 끝내준다

노을 셰이크의 비법은 오미자와 치자, 쑥이라고 한다
이 셋을 공이에 보드랍게 빻아서 볕에 잘 말린 것을 쓴다
또한, 싸늘한 어둠이 기억을 거뭇거뭇하게 만들기 전에
보랏빛 수채화가 퍼져나갈 동안만 판매하는 한정판이라
가격은 꽤 비싼 편이다
그렇지만 나는 노을 셰이크만 찾는다

오늘도 나는 지정석이다시피 한 댓돌 위에서
직진하다가 곧장 열 시 방향으로 서서히 방향을 틀고는
흩어진 구름이 다시 모여 천상의 계단을 내려주길 고대한다
그러면 말간 미소를 짓는 그녀가
저 시들지 않는 말린 장미꽃 한다발을 유리병에 꽂고는
이렇게 인사를 건넬 것이다

노을 셰이크 한 잔, 어떠세요?

쿡방

버터를 두른 팬 위로
이슬 품은 무지개를 녹여요
허밍에 맞춰 꽃술 일곱 송아리가
나울나울 춤을 추게끔

작열하는 태양의 팝콘

그만 불을 줄일게요
지금부터는 수프를 자작하게 졸여야 하니까
약간의 소금과 후추로 밑간을 하고
마무리는 향긋한 로즈메리 한 잎이면 충분해요

이제 은촛대를 밝혀요
자리의 주인이 정해졌으니
어제 새로 산 식탁보도 깔았어요
우리가 우리를 초대하는 즐거운 식사
참, 무지개 수프를 한 입 떠볼까요

끝내주죠?

제 2 부

내일의 날씨

두더지歌

두더지야 두더지야
그 모가지를 내놓아라

내놓지 않으면
칠월 복날 하늘에서 사나운 몽둥이가 널 용서치 않으리

흉터

수술대 위에 고목이 누워 있다
헐벗은 그는 가쁜 숨을 할딱거렸다
무른 체구에 비해 등껍질은 아주 딴딴했다
담당 간호사가 혈압과 안색을 확인하고는
으레 형식적으로 몇 가지를 묻고 자리를 떴다

그는 여러 해 먹지 못했다
아니, 그는 아무것도 입에 댈 수가 없다
그는 죽어가고 있었다
허리춤에는 무덤 한 구가 크게 불거져 있다
병명은 푸른곰팡이 감염증
그는 뱃속에 진득한 피를 감추고 있었다
누구도 느낄 수 없는
누구도 닿을 수 없는

이윽고 의사가 포르말린 냄새를 풍기며 다가왔다
물욕이 많은 그는 원숙하게 상처 부위를 가르고 쨌다

고 선생, 당신의 몸속에서 이렇게나 자라고 있었소
노의사는 물컹하고 차디찬 물체를 힘껏 들어올렸다
그것은 필시 거대한 비행접시와도 같았다
쯧쯧, 이러니 삐쩍 곯을 수밖에…

그 폐부에서부터 청포도가 알알이 굴러떨어지며
인간들에게 받은 상처를 치유코자 했다
아아, 그들은 누구인가
왜 나를 한 줌의 재로 만들어 놓고 떠나가나
고사목의 눈가에 물기가 어렸지만
결단코 그는 메마른 땅에 비를 뿌리지 않았다

암막 안에서는 마그마가 끝없이 휘돌고 있었다

살모사

-어머니, 저게 뭐지요?
바닥 밑을 쓸쓸히 훑고 지나가는 저것 말이에요
세모꼴의 납작한 대가리를 자꾸만 주억거리네요
-어디 말이냐?
-어머니, 안 보이세요?
방금 그것이 어머니 발밑으로 기어왔어요
창가에 달빛이 아른거리니 이제 조금 보이네요
모가지가 가늘고 긴 놈이에요, 정수리에
어디로 향하는지도 모를 흰 화살 무늬가 있어요
-그 뭐라더라, 이제야 생각이 났구나
저건 살모사란다
지금같이 더운 초여름에 새끼를 낳고
쥐와 개구리, 죽은 뱀 따위를 먹는다지
문이란 문은 꽁꽁 닫아났는데 어디에서 왔을꼬?
-저것이 우릴 콱 물면 어쩌지요?
어머니, 불을 켤까요?
-아서라, 제발 불을 켜지 말아라

목 넘김이 쉬웠으니 이젠 자리끼도 치워라
이 모습을 들키기 싫으나
이놈이 팔다리를 굽이굽이 타 넘으면서
썩어가는 고깃덩어리를 넘보고 있구나

얘, 우스갯소리가 하나 있단다
독사 중에서도 가장 지독한 놈이 고독사라더라

처용무

부릅뜬 눈
늘어진 귀
도드라진 턱

에헤야, 풍악을 울려라
저기 처용탈을 쓰고
어슬어슬 걷자꾸나
빙글빙글 돌자꾸나
구불구불 굽히자꾸나

역신이 무서워하는
저 처용의 부적으로
동서남북 백한삼을 펼쳐
액운을 멀리하리

동해에서 요술을 부리는
용이 하늘에서 내려와

군주의 덕을 칭송하네

절을 짓자
절을 짓자
공양을 바치자
하나뿐인 권력이라면

데헤야, 풍악을 울려라
저기 처용탈을 쓰고
어슬어슬 걷자꾸나
빙글빙글 돌자꾸나
구불구불 굽히자꾸나

진주 귀걸이를 한 PIG

PIG가 죽고 나니
장터는 발칵 뒤집혔단다

어물전에선 가자미며 동태의 네 눈깔
과일전에선 홍옥이며 대추와 감의 코털
포목전에선 삼베와 무명천의 귓속말
보일락 말락 보일락 말락
들릴락 말락 들릴락 말락

돼지전의 상인들은
닷새니 이레니 하며
문상객들을 맞느라 분주했단다, 그러나
촤라락- 여기저기서 터져 나오는 컬렉터들의 플래시
PIG의 붉은 귓불에 집중되었단다

난전을 금하는 법령에 따라
시전 상인들만이 출입하는 가운데

마당에는 적잖은 소용돌이가 일어나기도 했단다
그 광경을 지켜본 영정 속 PIG는
거룩한 귀부인의 모습이라더라
한껏 말린 입꼬리는 초생달같은 눈썹과 어우러져 있고
순수한 눈의 결정을 두 귀에 걸고 있더란다

나무전에선 싸리나무들이 낙엽처럼 무성한 소문을 쓸고
옹기전에선 방구리와 동이가 그것들을 열심히 주워 담더란다

Mrs.함무라비

투박한 부리로 갯바위를 쩡쩡 쪼고 있노라
무두질하여 갓 펴낸 연질의 거죽 그 위에
짐은 무아지경으로 낙서를 휘갈기노라
시라는 88개의 건반을 격렬하게 두드리노니
뿌리가 억센 파피루스에도 태양이 움트는도다

제우스의 상형문자
절대적인 힘을 갖는 그것 아래에서
그대들은 무릎을 꿇고 복종하라
짐은 너희의 지배자이니라
혹독하고 관능적인 형상으로 두 눈을 멀게 하나니
감각이 아득해질수록 의식은 더욱 또렷해지리라

이로써 나의 제국을 건설하였음을 선포하노라
축배를 들라!
배반한다면, 도덕의 잣대로 너희를 심판하리니
부디 만물을 직관하라

한결 누그러진 닥종이에 주옥같은 판결을 하나니
고개 숙인 그대들의 죄악을 낱낱이 헤쳐 읊으리라

짐의 명명백백한 이름으로 이를 후세에 남기노니
민초들이여, 거울에 비친 제 모습과도 같이 여겨
짐의 수고를 두고두고 곱씹어보길 바라노라

그리하여 대륙 아티카의 밤은 더욱 깊어지리라

터널 안에서 팽이치기

기차는 달리기 시작하면 좀체 뒤를 돌아보지 않아
과거에 미련을 두지 않는 탓이야
산천초목은 그의 꽁무니를 쫓는 아름다운 강아지야
달궈진 그는 흐드러진 벚꽃잎에 영 관심이 없거든

그를 흥분시키는 순간은 터널을 만나면서부터야
은둔하는 야수처럼 웅크리고 있던 암흑 덩어리는
이렇게 중얼거리며 그를 무지막지하게 집어삼키지
그래, 오늘의 요리는 바로 너란 녀석이군!

빨려 들어간 그는 마치 찌그러진 주전자 같아
머리통에선 시뻘건 증기를 뿜어내고 심장 안에선
소리 입자들이 엿가락처럼 휜 그네를 타고 있어
모두가 눈알을 까뒤집는 광란의 도가니 속이라고

앞으로 앞으로 돌격하는 시대에 태어난 나는
이토록 찬란한 무기가 또 있을지 반문하며

이 꼬부라진 통로에서 난데없이 팽이를 돌려
그것은 그를 더욱 미쳐 날뛰게 만들지만
나의 자존심은 쓰러질 듯 말 듯 돌고 돌아

찰나의 순간이 지나면 그는 다시 빛을 보겠지
역겨운 평화가 흐르는 이 도시의 길바닥에서
나는 세계, 더 굳건히 팽이를 칠 거야
그러다 보면 끊임없이 전진하는 나의 시선이
간헐적으로 그의 시선과 마주칠 날도 올 테지

놓친 승객이 있었는지 기억을 더듬거리며
자꾸만 고개를 돌리는 그 모습을 말이야

너의 초상

하루 중
가장 행복한 시간은
글 안에서 너를 쓰다듬을 때

붓을 드는 것처럼
펜을 들고
네게 스며드는 낱말을 조합해

사과 씨를 싼 겉싸개
너를 금방 알아챌 수 있도록
풋풋한 연두빛깔로
그렇지만 너의 세계는
암만 생각해도 잘 그려지지 않아

너는 무슨 색일까

이 세계로 널 불러냈지만

나는 너를 정의한 적이 없어

너는 레몬일까

너는 메론일까

한참을 생각하다가

나는 다시 노트를 덮네

바람결에 흩날리는 네 머릿결을 느끼며 눈을 감지

달큼한 향기가 펜촉에 녹아들었나 봐

모눈종이 위에 여름처럼 네가 피어나는가 봐

부뚜막 위에 올라간 고양이

그 애는 이상해

뭐 마려운 고양이처럼
안절부절못하지

널 안으면 어떨까?

알아, 넌 고양이라는 걸
당최 진심이란 걸 모르는 암고양이
머리를 쓸어주면
수염을 흔드는 너
아래턱을 긁어주면
가르랑거리는 너

네 마음이 뭐야
나는 한껏 달아오른 부뚜막
한솥 가득 너라는 사골을 끓여

잔뜩 꼬리를 말고

흥미롭게 나를 바라보는 넌

훌쩍 뛰어올라

산호초같이 짙푸른 눈빛을 퍼뜨릴 것만 같아

점점 굳어가는 의식 사이로

나와 넌

찬란한 물결을 나누려 해

염치없지만 넌

정말 넌 염치없지만

그 애는 이상해

먹이만 물면 도망가잖아

나를 질펀한 소금통 안에 가둬놓고

짜들박에서 만난 강싱이와 잔나부

오늘도 또 그러네
아무리 코흘리개 언나라고 해도
정말 이럴 수가 있을까

무시로 성을 내지 않나
붕어 새끼처럼 그 큰 눈깔만 끔뻑대지
금칠한 물고기가 다 뭐냐
나보다 세 뼘이나 차이나는 땅콩인데

부애가 날 만도 하지
작달막하지만 퉁탕한 그 모냥을 보면
괜스레 코끝이 간지럽고 입안이 알싸해져

오늘도 또 그러네
아웅다웅 쌈을 붙여봐도
해죽 웃고 마는

이 맨지기 같은 것아

데굴데굴 자빠져서

고베이 밖으로 넘친 눈물 속에나 퐁당 빠져라

* 짜들박 : 몹시 비탈진 언덕
* 강싱이와 잔나부 : 강아지와 원숭이
* 언나 : 갓난 아이
* 부애가 나다 : 화가 나다
* 퉁탕하다 : 퉁퉁하다
* 맨지기 : 융통성이 없고 소심한 사람
* 고베이 : 무릎

옥시기

옥니
덧니
뻐덩니

장맛비 갠 뒤 햇살은
삐뚤렁한 그 맴을 다 알어차린다
그래니까 불볕을 눈부시게 퍼댔던 거다

풀벌거지 날벌거지가 개살떠는 여름

가즈런히 박혀
옹골차게 영글어 가는
알캥이들

가마솥 뚜껑이 들썩인다
노오란 웃음꽃이 몽글몽글 맺힌다

* 옥시기 : 옥수수
* 뻐덩니 : 뻐드렁니
* 풀벌거지 날벌거지 : 풀벌레 날벌레
* 개살떨다 : 심술을 부리다
* 알캥이 : 알갱이
* 웃음꽃 : 웃음꽃

총 몇 kg일까?

마트에 떴네, 그녀
카트를 미는 그 손길이 어딘지 모르게 부자연스럽지
왼발을 끄는 저 발걸음이 더디지만 재빠르기도 해

진열대 위의 마요네즈와 케첩들 사이로
충혈된 눈 두 개가 자리 잡았지
실핏줄이 들고 일어나 이리저리 배열을 감시하는 사이
데굴데굴 구르는 양옆의 시선

갓 튀긴 돈가스를 썰어주는
금방 내려 향긋한 커피를 권하는
아주머니, 그녀들
그들의 수군거림은 겨자씨처럼 톡 쏘는 매운맛

설탕 10kg
햅쌀 20kg
휴지 30롤

계산대에서 이야기보따리를 하나씩 풀어놓는 그녀
가격표를 붙일 수 없는
바코드로 읽을 수 없는

포인트 적립하시겠어요?
마트에 걸려있는 오만 가지 물건들도
이기지 못할
그녀만의 삶의 무게

오늘도 그녀는 인생을 적립하고 떠나네

도희

뜨겁게 들끓고 있어
들개처럼 왕왕 지껄여대지
부레는 부풀 대로 부풀고
단단한 성곽의 물랭 루주의 무대에서
격렬한 꿈을 쏟아내지

늪에서 떠도는 아가미들
휘영청 밝은 달빛 아래에서
허연 뱃살을 드러내는 살쾡이
벌어진 이 틈새로
숲이 길게 신음하고 있어

흑돌과 백돌들 사이에 드러난
울툭불툭한 가시뼈
이글거리는 불꽃에 너를 맡겨봐

가슴이 두근거리고 어깨가 결려

배에 진통이 오고 머리가 폭발하는 것 같아

너를 구속하던 불빛이 자리를 뜨면
다시 시를 쓰는 그 날을 위해
켜켜이 쌓인 밤을 허무네

수화

반갑게 정오를 맞아요
새참 먹는 시간이니까
소반에 누인 다섯 숟가락이
오순도순 모여앉아요

엄지가 고개를 끄덕이면
늦둥이도 입을 오물거리죠
검지가 아기의 밥과 국의 위치를 바꿔요
밥그릇은 왼쪽 국그릇은 오른쪽
아이는 항상 헷갈려 한답니다

오늘 밥상은 정말 다채롭네요
중지가 현미밥에 장국을 뜨면
제일 약은 약지가 나박김치를 잘근 베어물죠
어머니가 얘는, 편식하면 못 쓴단다 하며
소녀의 가슴 위에 깻잎지를 올리네요
막내는 그 모습을 보고 까르륵 웃어요

그러나 찰나를 놓치면 서로
X자로 엇갈릴 때도 있어요
아범과 어멈은 항상 눈길을 맞춰요
새콤달콤 봄나물 숨이 죽을세라 입김을 불죠
대화는 눈높이에 따라 달라져야 하니까

잠시 마실 나갔던 젓가락 열 점이 돌아와
깨끗이 비워진 식기들을 하염없이 바라보네요
참 허탈하겠어요
그런데 할 수 없죠

손짓말을 발로 할 수는 없잖아요

표범

어려서부터 나는 힘쓰는 일에는 젬병이었다
특히 운동을 제일 못했다
체육 시간만 되면 나는 잔뜩 구겨진 A4용지가 되었고
멀리뛰기 시험에서 낙제점을 받았다

치타들의 우아한 발레가 끝나고 드디어 내 차례가 되었다
정중앙에 우뚝 솟은 봉의산을 바라보다가
꽁꽁 언 산마루를 향해 대찬 산바람을 맞으며 냅다 발을 굴
렀다

아뿔싸! 초원을 뒤흔들며 겅중겅중 띔 뛰던 얼룩말은
구름판을 벗어나자 안개 속으로 무너져 내렸다
봉의산은 제 머리만을 슬쩍 내어줄 뿐이었고
눈썹 위에는 눈송이들만이 하얗게 내려앉았다

그날 밤 나는 히말라야에서 킬리만자로 기슭을 딛고
힘껏 더 빠르게 뛰어올라 새털구름들이 내려앉은 꿈결 속에서

여러 번 표범이 되었다

봉의산을 수없이 뛰어넘었다

내일의 날씨

껍데기에 주홍빛 물을 부었다
따가운 여름 햇살을 묵묵히 견디며
홍시는 그렇게 자신을 익혀가고 있었다

일찍 철이 든 몸이다
맨틀을 헤집으면 잡히는 단단한 씨앗
이 안에 무척이나 정교한 나이테가 숨어 있다

지방층에 둘러싸인 선홍빛 젖꼭지 두 개
작지만 탱글탱글 여문 그이를 이리저리 관찰한다

지하에 단단히 뿌리박혀 다음 해를 설레게 하는
솜털이 보송보송한 앳된 얼굴을

내일 날씨가 어떤가요?
네, 내일은 날씨가 맑을 예정입니다
씨앗의 미래가 밝기에 홍시의 마음은 오늘도 두근거린다

제 **3**부

달을 모독하다

순수의 시대

내 얼굴은 반듯한 조약돌입니다
그대의 여울진 곳에 머물러 숨을 고르오니
물수제비 참방 뜨러 내게 오세요

내 목소리는 쌉싸름한 쓰르라미입니다
그대 빈 고목에 올라 목청을 가다듬으니
창밖 늦여름을 만끽하러 내게 오세요

내 마음은 방울방울 비누 거품입니다
그대 타버린 응어리 속 한가운델 씻으오니
묵은 재를 아낌없이 털고 내게 오세요

순수한 이 내 품으로 어서 오세요

토르소

어느 날, 나는 머리를 베어 버렸다
잘려나간 머리가 침묵하는 가운데
남아있던 허리가 호통을 쳤다
어쩌자고 머리를 베었는가? 내 머리를 가져오너라

나는 대답했다
생각의 밀도가 하도 오밀조밀하여 견딜 수가 없어요
자고로 머리는 차가워야 한다지요

또, 어느 날은 팔을 베어 버렸다
덜렁거리던 두 팔이 고요를 되찾은 가운데
좌우로 걷던 두 다리가 동요하기 시작했다
이것 봐, 다음 차례는 우리가 틀림없어!

엉엉 우는 다리를 향해 나는 말했다
팔이 저렇게 된 것은 대단히 유감입니다
그러나 성가신 그들이 자꾸 태양을 가려버리죠

가슴은 그 자체로 오롯이 뜨거워야 한답니다

마지막 순서로 두 다리를 깎으면서
나는 배꼽에게 인사를 건넸다
드디어 완성이 되었어요
어때요, 마음에 드나요?
배꼽, 아이가 묻는다
저기, 왜 나는 그대로 두나요?

나는 웃으며 말을 이었다
응, 그건 네가 숨결이니까

아버지 가방

어릴 적
교과서에서 본 어느 문구
아버지 가방에 들어가신다

띄어쓰기의 중요성을
아버지의 그 싱거운 가방에서 발견하고
픽, 웃음을 짓던 기억이 생생하다

아버지 가방에 들어가실 적에
아범 혹은 지아비의 눈물과 한숨도 같이 넣으시곤 한다
그러면 내 아버지, 그는 한숨 푹 주무시기도 하고
깨어있을 땐 갖은 염려로 낡은 손수건이
젖었다 말랐다 반들반들 윤이 나는 것이다

아서라, 내 걱정은 말아라
오로지 아내 사랑 그리고 자식 사랑
아버지의 부드러운 가방은 늘 불룩하게 솟아 있다

양말과 운동화, 소독약과 반창고…
그 속에는 가족을 위해 애쓰는 그만의 소지품들이 들어 있다

오늘도 아버지는 아버지 가방에 들어가시며
햇살만큼이나 풋풋한 미소를 지으신다
그러나 나는 오래도록 기억하고 싶다
가방 안에 쌓아둔 아버지의 고단한 삶과 희생을

버스 안에서

나는 버스 안에서
여러 가지 인생을 보고 듣습니다
그 중에서도 가장 내 눈을 사로잡는 건
누군가를 위한 빈 자리이지요

오는 이는 누구든지 품어야 하며
가는 이는 손수 뒷바라지까지 해야 하지만
짜증 한 번 내지 않는 그는 늘 고요합니다

그는 신분을 나누지 않습니다
회사원, 학생, 주부 그리고 은퇴자
그 앞에서 우리는 모두 아무개가 될 뿐이지요
그의 시린 마음을 따뜻하게 채워주는 핫팩이 되는 겁니다

'여기 자리 있어요'
그는 이 한 문장을 생각할지도 몰라요
더 많은 이들을 만나고 그들을 품고 싶거든요

어느새 꽉 찬 그의 눈동자가 잠깐 잠겼다가 깨는 사이
승객들은 우르르 제 갈 길을 재촉하고 있네요
잔에 넘쳐 흐르듯 정거장마다 쏟아지는 사람들

오늘도 나는 버스 안을 서성거리다가
내게 무언의 손짓을 보내는 그에게 다가갔습니다
세월의 굴곡을 넘어온 백발의 할머니 곁에 앉아서
그의 빈 가슴을 채워드렸습니다

진화론

시인의 손은 굽은 소나무다
시인이 열 손가락을 다 펴지 못하는 이유는
그 끝마다 고독이 묻어나오기 때문이다
그것은 휴지 몇 조각으로는 어림없고
말간 하늘을 둘둘 말고 진정시켜야 한다
이러한 현상이 너무나 기이했기에
예민한 학자들이 수십 년간 연구를 했다
이들이 몸 바쳐 밤낮으로 매달린 결과
한가지의 진화론을 발표하기에 이르렀다
바로 오늘 여기서 시인의 중대한 비밀이 알려질 예정이다

발표자로 나선 노학자가 운을 떼길,
시인의 피는 수분이 아니라 감수성이라 했다
시인의 혈액 응고 반응을 검사했더니
감수성이란 잘 굳지 않고 향기처럼 퍼진단다
그의 유전자를 감식했더니 어떤 약품으로도
합치거나 빼거나 나눌 수 없다고 했다, 결국

시인은 태어날 때부터 외로울 수밖에 없단다

고독의 농담(濃淡)을 어떻게 확인합니까?
시인은 손가락을 펴는 수술도 할 수 없나요?
사람들의 질문이 쏟아져나왔고 급기야는
시인학회에 보험금을 청구하는 일도 일어났다
진화론자들은 입을 모아 시인은 특별하기에
되도록 상처를 주지 말라고 당부했다
이윽고 현장은 각계각층의 전문가들이
갑론을박을 벌여 그 열기가 더욱 뜨거워졌다

여기, 한 어린 시인이 있음을 고백합니다
오늘 TV 생중계를 잘 지켜보았지만
중요한 핵심은 어쩐지 피해가고만 있더군요
한철 목놓고 울어야만 쓸만한 시어를 게울 수가 있기에
시인의 손이 굽어간 것입니다, 농담(弄談)처럼
학계의 이론이 되겠노라 다짐하듯

나는 말캉한 손에 슬며시 하늘을 감아봅니다

언젠가는 이 손도 여느 원로시인의 그것처럼

다부지게 굽게 될 테니까요

키스

수풀이 우거진 호젓한 숲길 위 오래된 석상에 입을 맞춘다
행운을 가져온다는 어느 구전된 미신 때문이다

석상 끄트머리에 달린 풍경이 잔잔한 바람에 흔들리며
세상에서 가장 투명하고 말간 소리를 들려준다
그 다리에는 세월의 흔적이 여러 군데 나 있고
야생 속 누군가의 다녀간 표식이 드러나 있다

가을의 잔향을 가득 머금고 그 수줍은 볼에 호흡을 맞춘다
그리고는 주춧돌의 안녕과 너와 나의 시간을 기록한다
길고 짧은 것에 대하여 기억하려 애쓴다

카렌의 춤추는 빨간 구두처럼 정열적인 욕망을 잠시 접어두고
부러진 목발을 짚는 소박함을 가지려 한다
이 세계에서 역방향으로 흐르는 것은 무얼까
순간 깊은 심연으로 치닫던 감정들이 수면 위로 튀어 오르며
저 무르익어가는 붉은 가을처럼 뚜렷한 잔상을 남긴다

이 여운을 오래도록 남기고 싶다

열꽃

무한히 생성되는 오선지에 까만 너를 흩뿌려

너는 높은음자리표
나를 지지할 수 있을 만큼의 가장 높은 언덕
그곳에 네가 그린 무지개를 걸어 놓았으니까
하루에도 몇 번씩 문지방이 닳고 닳았으니까

나는 고백할 거야
홍역처럼 앓은 네 이름
휘영청 밝은 달이 뜨면 늑대들의 의사소통처럼
아르렁거리며 너를 뱉어 내었지
초록빛 가래침에 섞인 네 모습은 정말 오묘했지

나는 또 고백할 거야
통제 구역을 넘어선 머릿속은 붉은 사이렌
마른 장작처럼 쓰러진 나를 일깨워준 건
네가 아니라 시라는 사실

이 시를 빌어 내 혀뿌리까지 단단히 감겨있는
너를 위한 시어를 마구 게워낼게

네 혓바닥에 꽁꽁 감추고 있는 게 뭐니
너는 이제 낮은음자리표
한없이 낮은 이 바닥으로 내려와
그 무지개를 산산이 부숴 봐
그는 더는 아래에서 살 수 없으니
순수의 나무 한 그루를 다시 심어봐

그 어떤 것에도 오염되지 않은

시월애

가랑잎에 짙게 묻어나는 밤색 잉크는
구름 고랑에 가득 고여 떨어진 신의 눈물이다

하늘빛 셔츠 깃에 헐겁게 맨 갈바람 넥타이가
이리저리 나풀거리며 가을의 언어를 쏟아낸다

금빛 가지에서 떨어져나온 갈피 없는 낙엽들이
바닥을 데굴데굴 구르며 우왕좌왕하는 사이,
사내는 엽서에 적힌 가사 한 구절을 읊고 있다

오, 아름다운 그대여!
부디 나를 떠나가지 말아요

베르테르의 간절한 외침에도 아랑곳하지 않고
계절은 싸늘하게 얼어붙어만 갔다
타이타닉호가 침몰했던 바로 그 시절처럼

시월의 마지막을 알리는 DJ의 목소리

그 떨림에 슬픔의 주파수가 증폭되고 있다

피곤한 소녀

잿빛 시멘트를 개어 불우한 눈두덩이 위에 켜켜이 발랐다
심드렁한 오후와 바닥에 나뒹구는 낙엽과 모래들

눈가가 굳어가기 시작할 즈음 나는 스르륵 잠에 빠져들었다
태양이 뜨겁게 작열하면 한낮은 더욱 피곤해지는 법
싹이 돋아난 고독한 눈동자들

더욱더 나를 달궈주세요!
어느 특급 호텔의 주방장이 나의 영면을 요리하는지
눈이 당기고 조이는 통에 도리어 나는 사경을 헤맸다

다만, 눈을 뜰 수가 없었다
산수유 열매가 울긋불긋 각막 위로 만개했고
간질간질하면서 꼭 재채기가 나올 것만 같은 게
오랫동안 잠을 앓은 자리에 부스럼이 채워지는 모양이다

그 순간 검은 양복을 차려입은 자들이 내 방문을 두드렸다

나는 영원 따위는 스러져가길, 잔인한 저주를 퍼부으며
굳게 닫힌 눈을 비비면서 자리에서 일어났다

밤은 아직 찾아오지 않았다

달을 모독하다

말을 타기만 하면 저 계집은 항상 나를 따라오더군
저기 좀 보라고, 멈추니까 또 머뭇거리잖아
투박한 웃음을 지으며 사냥꾼은 내게 말했다

첩첩산중에는 저와 같은 어중이떠중이들이 많단다
거긴 그 계집을 훔치기 위해 서로 무예를 갈고닦는
흡사 하나의 경연장 같은 곳이란다
자신은 늘 선봉에 서 있는 용맹한 검객이었다고
태양의 눈빛을 가진 그자가 내게 다시 말했다

한껏 달아오른 그녀를 어루만지려 하면
고것은 희미하게 모습을 감추려 들지
우리가 그 고운 뺨을 야금야금 파먹는지도 모르면서
그런데 말이야, 참 희한하다고
시간이 흐르면 다시 토실토실 차오른단 말이야
그래서 그녀는 특별해

그의 말을 듣고 보니 나는 영 입맛이 썼다
보셔요, 저 달을 착취해서 얻는 것이 무엇인가요
그녀는 컴컴한 밤하늘에서도 오롯이 빛나
희망을 잃은 많은 이들의 눈물을 밝혀주었어요
이제 그 소망을 갈기갈기 찢어 먹어치운다면
우리는 누구에게 의지해야 하나요

숲이 운다

숲이 운다

까치발을 들고
목울대를 세우며
나뭇잎을 철철 흘리면서
슬피 운다

숲은 욕심이 난다
더 깊고 더 세게 울고 싶은 욕심이 난다

저 숲을 울리는 건 무엇인가
예쁜 로맨스를 그린 드라마를 보았는가
저들끼리 풋풋한 장난을 한 것인가

아니다
아니다
그들이 우는 건 오로지 바람 때문이다

차가운 된바람에
이리저리 몸을 맡기며
우수수 쏴아아
그들의 바람대로 눈물지을 뿐이다

숲 언저리에 사는 우리들은
연거푸 불어닥친 돌개바람이 순해지기 전에
직업정신이 투철한 어느 목수가 건들기 전에
이 거대한 쓰나미를 일찍 눈치채어야 한다

숲이 운다
민중이 운다

빗방울의 노래

빗방울들이 후드득 불규칙하게 떨어집니다
그들은 하늘로부터 고용된 비정규직 노동자들입니다
지상 저 꼭대기에서부터 잔뜩 겁을 먹었죠

그들은 거의 체념한 것 같이 보입니다
세게도 내리치던 빗줄기가 지금은 또 약해졌거든요
젊은 피에 걸맞게 처음엔 다 그랬습니다
"무슨 일이건 맡겨만 주십시오!" 했겠지요
그러나 무슨 이유에서인지 잔뜩 풀이 죽었더랍니다

우리는 그들의 노고를 잊어선 안 되지요
그들은 분명 초과근무를 하고 있었습니다
여름날 우리는 억수로 쏟아지는 장대비를 경험했지요
그들은 또 실업수당을 받지 못했습니다
따스한 온기에 밀려 증발해 버리는 그들에게
하늘은 아무런 행동도 취하질 않았으니까요
그러면서 고용주는 그들에게 바라는 것이 많았습니다

과일을 익게 해라, 사람과 가축의 목을 축이게 해라

그래서 그들은 한 가지 결심을 했더랍니다
우리의 권리를 위해 목소리를 내어보자!
이슬비로 댓돌 위에 내린 그들은 가랑비가 되더니
점점 커져 소나기가 되었습니다
똑똑 불규칙하게 뛰던 가슴이 서로 맞부딪혀
쏴아— 하며 함성을 지르기 시작했습니다
서투른 그들의 노래가 세상천지로 뻗어 나갑니다
이를 지켜보던 하늘은 잔뜩 심통을 냈고
새까만 구름은 그의 경호에 나섰습니다

하지만 고용주가 잊고 지냈던 게 있습니다
먹구름 너머엔 맑음을 위한 태양이 있다는 사실을요
태양은 이 가여운 노동자들에 대해 잘 알고 있어요
그렇기에 그는 노사의 원만한 관계를 위해
이들을 다시 하늘로 돌려보내고 있는 건지도요

바다에선 빗물이 다시 하늘로 올라갈 채비를 합니다
뜨거운 심장과 함께 말입니다

울음 앓는 날

새벽이 토한 물안개
연탄을 할퀴고 간 태풍의 손톱

도막도막 잘린 물간 혓바닥
고딕으로 인쇄된 생선들의 비명

눈물의 낙차로 돌아가는 터빈
공장에서 찍어내는 울음

그 안에 하얀 그을음

구토

사이렌이 울린다 차창 밖에서

토해낸다 나는 울컥 기억을

비상상황이다 이것은

종말이다 이 세계의

우럭우럭

쏟아진다, 타인의 시선

격렬한 크레이터 나와 너의

무미건조한 오징어 토사물 밖에서 유영하는

사이렌이발동한다침묵하는창밖으로자정에이르러

부활

나의 의식을 야금야금 갉아먹는 기생충이
부둥부둥 젖살이 오르는 한때,
만월(滿月)에 관한 이야기

저기 첨탑 위 공격적인 화살에 꽂힌 너의 심장에도
냉담하고 심심한 애도를 보낸다
잘 살아주었다, 그리고 이제 시작이리라

신대륙을 부르짖던 콜럼버스의 사금파리 한 조각
매끈한 다리를 일부러 부러뜨리면서까지 얻은
믿음, 그 죽어버린 신앙
지난 계절에 절인 김치만큼이나 시어빠진 그것은
벽 틈새 가득히 쿰쿰한 냄새를 풍기고 있다

과녁을 빙글빙글 선회하는 누군가의 배가 불러온다
여기, 다시, 만삭(滿朔)이다

공중누각

망을 본다
누군가 오밤중에 서리를 하나
눈에 쌍심지를 켜고

수박이냐 참외냐
오이냐 고추냐
토마토냐 배추냐

시커먼 어둠 그 사이로
군홧발에 짓이겨져
손이 온통 푸르뎅뎅한데

제 **4**부

유리잔 밖 풍경

비엔나소시지

대망의 크리스마스가 지났어
오, 이런
이제 접시에 남은 건 단 7개라고!

혀의 위로

외로워 슬퍼하는 당신을
슬퍼서 외로워진 내가 위로하렵니다

위로는 상처를 따뜻하게 덮어주는 솜털 이불
위로는 성숙과 미성숙이라는 차원을 넘나들 수 있는 관문
거리낄 것이 없는, 입술이라는 웃옷이 거추장스러운 우리는
혓바닥이란 여린 속살을 내보일 때 더욱 자유롭습니다

온종일 천장과 목젖을 오가며 잠을 설쳤을 그대
야윈 얼굴을 내게 또렷이 보여주세요
그 살점에 맺힌 헛헛한 눈물을 말끔하게 닦아주렵니다

나, 당신의 세상에 닿는 촉감을 멋대로 상상합니다
세상에 존재하는 모든 문자로 표현할 수 있다면 좋겠어요
광활한 초원은 작은 미어캣들의 것만은 아니랍니다
당신께 얼룩말의 그윽한 속눈썹을 보여드리겠어요
늘 그들을 감시하는 암사자의 부드러운 콧수염도요

온종일 그대와 붙어 있고 싶어요
달콤한 키스와 함께

오사카

'호기심' 씨,
어서 구름 징검다리를 건너세
곧장 숲의 미로를 지나세
늦지 않게 유령의 성에 도착하려면

드넓은 정원도
널따란 돌담도
황금빛 지붕도
이 세상 모든 것이 다 그의 것이지
그러나 그는 유령이라네

거기, 콩밭을 가는 사람아
저기, 갈잎을 줍는 사람아, 나는
여기 툇마루 위에서 머뭇거리는
그의 환영을 보았네
마당을 누비던 싸리비는 아직 그대로인데

'호기심' 씨, 그대는
살육의 현장에 온 거라네
피 한 방울 없는 영광이 어디 있겠는가
눈발 없는 겨울이 어디 존재하겠는가
그러나 낮밤은 알고 있다지

유물은 쉽게 무르고 약하다는 것을

유리잔 밖 풍경

자갈돌에 걸려 구르던 햇살들
산새 소리처럼 숲속 여기저기로 퍼져나가요
그 고운 알갱이들이 물결을 이루면
선명한 그림자가 바닥에 모로 눕지요

저 아낙은 고요를 품고 있는 이글루에요
작은 구슬을 마치 꿈꾸듯이 어르고 달래죠
떡갈나무와 자작나무 숲으로 마실간 사내의 다리가 길어지면
단단했던 얼음 벽돌이 사르르 녹아버려요

저길 봐요
엄마가 빨아 널어 논 무명천 구름들
자분자분 잘 버무린 하늘 정원에는
비행을 동경하는 서투른 아이가 있어요
그는 매화가 흐드러지게 핀
생각의 다음 페이지를 써 내려가고 있지요

방금 셔츠와 바지가 포개어졌다가 다시 펴졌으니
늦겨울의 오후가 흐르는 수도꼭지를 약하게 잠가야 해요
덩달아 산새가 정원을 누비기 시작하면
햇살의 주파수를 따라 고요가 길게 꼬리를 늘일 거에요

흑과 백

산머리를 깎네
포클레인과 덤프트럭이 덤벼들자
툭툭 잘려나가는 마른 손톱들

박살이 난건 짐승들의 복지가 아니라네
귀가 있으나 듣지 않을 뿐
입이 있으나 말하지 않을 뿐

태풍이 머물다 뜬 자리에는
썩은 내를 풍기는 고깃덩어리만 수북하네

산허리를 꺾네
굴착기가 터널을 뚫는 통에
굽이굽이 흘러내리는 젖은 메아리들

가여운 그들은 틈틈이 경계하나
인간의 경고는 무시로 찾아오네

산발치에 다다르니 드넓은 평원이 이어지네
자연은 저마다의 가치를 가지고 있으니
선과 악을 가르는 궁색한 무기 따윈 버려야지

절대라는 건 곧 상대적인 거라네

박제된 것에 대한 단상

여보세요, 나야 나— 호랑이와 독수리, 그리고 청설모
여긴 지난밤 서리가 내릴 정도로 날씨가 제법 쌀쌀해
어디긴 어디야, 세상에서 가장 추운 사하라 사막이지
자유로운 서울에서 너는 잘 지내니
공중에서 피어나는 저 불티를 바라보며 행복했던 날들
호랑이와 독수리, 그리고 청설모는 가끔 네가 그리워
거친 자갈밭에 파묻힌 채로는 수없이 재채기가 나
마치 나는 겁쟁이야, 나는 겁쟁이야 되뇌듯이

그런데 말이야, 우리는 늘 함께였잖아
어서 네 눈앞에 있는 나를 찾아봐
거실 북쪽에서 불어오는 바람결에 난 코를 찡긋거렸지
그때 마룻바닥에서 웅크리고 있던 너의 암고양이가
TV 옆으로 풀쩍 뛰어올라 내 옆에 잠자코 앉지 뭐야
사냥꾼을 닮은 그 힘센 눈초리로 나를 제압하듯이

하하, 조금 헷갈릴 거야

사실 나는 거기에도 있고 여기에도 있지
진실이 아닌 어떤 것도 마치 진실인 것처럼
박제된 세상을 사는 우리— 마치 제물이 된 것처럼
통곡의 고갯마루를 살짝살짝 넘나드는 이 암컷처럼
나는 싱싱한 간과 허파를 사하라 안에 넣어두었고
너는 구슬처럼 검푸른 내 두 눈동자를 뜯어갔더라

너를 탓하고 싶진 않아
내가 찾고자 하는 건 비단 눈만이 아니니까
불의에 입도 뻥긋하지 못하는 나라는 이 겁보를
영원히 잠들지 못하게 박제한 이 진실을 박제하려 해

이만 끊을게, 모쪼록 잘 지내길 바라
거기 형이상학적인 도시에서도

종의 침묵

아아, 종(種)이여!
그대들은 강한 부리와 튼튼한 턱을 하고는
우수에 찬 눈빛으로 감히 우리를 바라보았지
무에 그리 불만인지
무에 그리 하소연을 하고 싶었는지
할 말이 있다면 어서 이 난장에 나와보게
아직도 할 말이 남았다면
이 땅의 그 어떤 것도 해치지 말라 애원해보게
어찌 말이 없소
입은 두었다가 뭣에 쓰려고
팔과 다리는 두었다가 뭣에 쓰려고
짱돌을 쥐고 이쪽을 향해 돌팔매질도 해보라고
지독하게 벼린 칼날에 지느러미가 잘려나가고
뜨겁게 달궈진 망치에 그 모가지가 부서져도
어찌하여 그대들은 말 한마디 없는 것이오
당신네는 참으로 지독하구나
우리를 용서하자고 약속이나 한 것인가, 그렇다면

임종을 맞을 때 흘린 눈물은 무슨 의미란 말인가

종이여, 그토록 침묵하면 어쩌자고
말을 해 봐라
말을 해 봐라

몽환의 돌

발 끝자락에 머문 돌 속에 눈알 하나가 깊숙이 박혀 있다
달팽이 껍데기처럼 금빛 회전목마처럼 좌우로 뱅글뱅글

돌 속의 눈동자는 많은 말을 담고 있다
크리스마스 이브의 눈 내리는 밤처럼 고요하지 못한 말
무언의 그것들이 내 귓가에 세차게 내리꽂힌다

돌은 억겁의 세월 동안 무엇을 지켜보았을까?
아마도 그는 저 뜨거운 태양 아래 분수처럼 피를 토하던
베수비오 화산에서 태어나지는 않았을지
그렇다면 그는 폼페이에서 최후를 맞은 어린 소년의
가여운 팔꿈치가 아니었을지

억울한 몸은 더 이상 자갈로 갈리지 못했구나!

열린 홍채 사이로 서기 79년 로마의 별빛들이 우르르 쏟아진다
환상의 눈물을 흘리며 돌이 까맣게 까맣게 타들어간다

나는 슬그머니 발을 빼내고 왔던 길을 되돌아갔다

아로코트에서 띄우는 편지

안녕 잘 지내지 내가 여기 아로코트에 온 지도 삼 년이야
토목 기술자로 살다가 연고도 없는 이곳까지 흘러오게 된 건
축축한 풀냄새를 풍기는 이 신비한 별의 혼령 때문이었어

이 별은 서로 몸이 붙어버린 두 개의 감자야
나는 외롭고 쓸쓸한 땅에 멋진 집을 짓겠다고 다짐했어
이건 신들의 세계에다가 베이스캠프를 만드는 일과도 같았어
나는 오르트의 구름들이 지어놓은 공중정원을 보며 구상했지

철근처럼 시간을 댕강 자르니 공기가 칼날같이 매섭게 번뜩
였어
포대에 담긴 시멘트를 카이퍼의 다이아몬드들과 잘 섞고 개
어서
단단한 벽돌에 발라 차곡차곡 쌓아 올렸단다 그렇게 하지 않
으면
금세 무너져 내려 저 깊은 협곡으로 떨어지거든 참, 그리고
보니

어느 소행성에서 현장 실습할 때였어 그림자 바다에 빠질 뻔했지

거긴 아주 심오하고도 기이했어 그 뒤로 나는 절대로 아무 데서나

젖은 양말을 널어놓지 않는단다

지붕을 얹고 나서야 회오리바람을 한잔 걸치러 해왕성에 들렀어

저 외딴 두 섬은 북쪽 하늘에서 가만가만히 떠 있을 뿐이었지

있잖아 내가 저기에다 풀과 나무를 심고 집을 세운다는 사실을

절대 비밀로 해줄 수 있겠니 우주청에 정식으로 요청을 해봤지만

지구와의 거리가 너무 멀어 허가를 내줄 수 없다는 답변을 받았어

시간만 야속하게 흘러 내 오랜 소망을 이리저리 썩히고 있단다

난 여기가 정말 마음에 들어 완성된 집을 보면 너도 동의할 거야

기억 나니 우리가 미주알고주알 담소를 나누던 작은 자작나무 숲
휘파람새들이 녹갈색 등을 서로 비비며 나무들 사이를 쏘다녔었지
내년 이맘때쯤이면 짬이 좀 나니까 잠시 지구에 들를 수 있을 거야
우리가 헤어진 겨울의 끝자락 그 숲에서 다시 만날 수 있기를 바라
그때까지 건강하게 잘 지내 안녕

(추신) 목성 우체국에서 육 개월간 리모델링 공사를 한대
이 엽서는 다른 길을 지나서 지구로 들어가게 될 거야

프렐류드

거침없이 피어나는 눈발이 계속해서 진군하고
속절없는 바람결 사이로 눈시울이 붉어지는 통에
문득 기차가 멈춘다
양철통에 가득한 승객들이 종말을 향해 미끄러지던 찰나
사고가 무한하여 맹렬히 폭주하는 심장에는
부옇게 발려진 연기만이 제 갈 길을 찾아 뿔뿔이 흩어진다
샛길 한 편에 자리한 어느 오두막집 벽난로의 그을음처럼
누군가 숨죽여 울던 시간쯤이야 기관사인 그도 알고 있으리라
자유의 번개가 땅에 내리꽂히고 거짓의 강물이 초조히 흐를 때
지그시 관망하길 좋아하던 나의 주인, 저 낙관론자의 양손에는
헝클어진 신문 몇 부와 두 동강 난 담배 한 개비가 들려 있다
창밖을 바라보던 노인이 묻는다 이런 날씨에 계속 가도 좋을까요
낙관론자는 말한다 시도는 해 봐야지요, 시작해 보는 겁니다
이윽고 기차가 다시 출발한다
양철 머리가 진실의 고갯마루를 넘어가듯 힘차게 소멸해 나간다

해빙기

어린 빙산이 고독을 씹어 먹는다
종일 수면 위에 뜬 채로 있어 편두통이 있는 모양이다
바닷물 한잔에 쓰디쓴 고독 만 알을 꿀꺽 집어삼킨다
우르르 쾅, 우르르 쾅!
성난 옆집 형이 먼저 추락한다
엊그제 앞집 할머니가 추락한 지점과 동일하다
팔다리가 부서지고 머리가 깨지는 소리가 울려 퍼진다
떨어지는 곳곳마다 희뿌연 물보라가 세차게 인다
온 동네가 초상을 치른다

고독은 사실 시끄러울 때 더욱 드러나곤 한다
아이는 그것을 알고 있다

번데기의 번뇌

좌반구에서 우반구를 향하여
만 번의 벼락이 내리친다
불호령이 떨어진다
숲속에는 그만한 권력을 가진 이가 없다
나는 고치 안에서 고요하고 잠잠한 번데기
귀에서 피고름이 흘러나오는데
언어는 입안에서 맴을 돌 뿐이다
잠시 냉전 중일지도 모르겠다
육질이 억센 꽃대궁 사이에 지은 단 하나의 집
한낮 계절이 주는 온도는 턱밑까지 텁텁한 맛이었고
쏟아진 물줄기에 마음 한편이 삽시간에 불어나 버렸다
인내의 시간이 온 것이다
권세야말로 이 숲에서 서서히 내 숨통을 옥죄려 하겠지만
나는 확고한 꿈이 있기에 수없이 많은 위협을 헤쳐 나간다
어깨에 돋아난 날개를 활활 펼쳐볼 원대한 꿈이 있기에

소통의 재발견, 그리고
자아 마주하기

박 해 림

(시인 · 문학평론가)

소통의 재발견, 그리고
자아 마주하기

박 해 림
(시인 · 문학평론가)

1.

시를 쓰는 일은 어쩌면 나만의 일상을 변주하는, 변주하고자 하는 적극적인 삶의 한 방편일지 모른다. 적극적이거나 소극적인 것을 군이 구분하지 않을뿐더러 흐르는 물과 같은 성분과 가깝기 때문이다. 나를 발현하는 적극적인 행위의 수많은 선택 중에 왜, 군이 시를 쓰고자 하는 것일까. 일상에서 쓰는 행위

자체가 쓰고자 하는 자연스러운 의지에 선행되는 것임을 우리는 알고 있다. 예술의 측면에서 그림을 그리는 것도 그러할 것이며, 노래나 악기를 다루는 일과 몸으로 표현하는 춤이나 다양한 행위 예술 또한 그러할 것이다. 이는 자아가 세계를 이해하고자 만들어낸 적극적인 행위의 발로이며 세계에서 '나'의 존재를 적극적으로 인식하기 위해 더 적극적인 인식의 결과를 낳게 한 것일 수 있다. 한발 더 나아가서 존재의 의미를 보다 구체화해 기어이 나에게로 환원하고자 하는 귀소본능으로 이해할 수 있다. 김준오는 어느 시대든 세계와 인생을 인식하는 데 있어 크게 두 가지 유형을 나누고 있는데 '첫째로 인생을 인간의 일상적인 실존을 구성하는 서로 다른 체험으로서 이해하는 태도이고, 그다음 인생을 일상생활에 있어 특별한 체험이나 있는 그대로의 인생을 인식하는 경우'가 그것이다. 최수진 시인의 시를 읽으면서 그의 이론을 떠올려보는 것은 그것에 보다 가까울 것이라 여겨져서이다. 현재 시인이 마주하고 있는 세계는 그 자신에게 부여된 세계에서 기꺼이 마주할 수 있는 자기만의 있는 그대로의 인생, 즉 체험적 인상적 진실로 접근하여 이해할 수 있을 것이다. 한편으로 시인은 일상적 삶에 있어 '낯설게 하기'의 의도성마저 엿보게 하는데 이 시집이 가진 특징이라 할 수 있다. 세계와 인생의 인식에 김준오가 일상적인 진실에 '보편성과 영구성'의 결여를 우려한 것처럼 최수진 시인의 작품 역시 보편성과 영구성의 결여를 엿볼 수 있으나 그것 또한 하나의 인생을 일반적이고 지속적인 측면에서 파악하기보다, 폭넓은 세계 인식의 적극적인 태도로 봐야 한다는 점에서는 큰 무리가 없을 듯하다.

>   나인이 전하의 발치에서 곤룡포를 받아 들고
>   화등잔 심지를 훅 불어 끄면
>   노란빛 붉은빛의 비단에 똬리를 틀고 앉은 용이
>   오래도록 침수 드는 밤
>
>   ―「오로라」 전문

　시인은 한밤중 칠흑의 우주 공간에 서 있다. 어둠이 펼쳐놓은 세상은 온통 기다림으로 가득 차 있으며 세상의 이쪽과 저쪽의 경계가 없다. 넓이와 깊이를 잴 수 없는 세계에서 '오로라'가 펼쳐진다. 이 얼마나 아름다운 광경인가. 아마 인간의 언어로는 표현할 수 없는 광활함과 어마어마한 에너지 앞에 무릎을 꿇을 수밖에 없다. 아니 서 있거나 무릎을 꿇는 자체가 아무런 의미가 없을 것이다. 무중력의 상태에서 저 우주가 만

들어낸 아름다움의 극치를 시인은 굳이 인간의 언어로 표현해야 하는 것이다. '나인이 전하의 발치에서 곤룡포를 받아 들고/ 화등잔 심지를 훅 불어' 끌 수밖에 없는 절대적인 복종을 그저 내어주는 것이야말로 현실로 인정하는 것이 된다. 그러니 굳이 '나인'이어야 하고 '전하'이어야 하고 '곤룡포'이어야 하는가를 받아들일 수밖에 없다. '노란빛 붉은빛의 비단에 똬리를 틀고 앉은 용'을 연상하게 하고 인간의 언어로 표현할 수 있다는 것은 참으로 다행한 일이 아니겠는가. 절대적인 대상 앞에서나 가능한 그 눈부신 용이 '오래 침수를 드는 밤'의 한 가운데서 서 있는 시인은 인간의 언어로 형언하기 어려운 것을 모르지 않으나 '곤룡포', '화등잔 심지', '비단', '용', '침수'라는 예스러운 표현에 기대어서라도 아름다운 한 편의 시를 만들어낼 수밖에 없지 않았을까 여겨지는 부분이다.

　입술은 붙었다 떼어지기를 반복하며 쉴 틈 없이 언어들을 낳고 있었어
　그렇지, 퉁퉁 불은 만삭의 몸으로는 매분 매초를 견디기 어려웠을 거야
　단단한 혀뿌리에 말려들지 않고도 뜨거운 날숨에 데어 죽지 않고도

언어는 이 요지경 세상 밖으로 치즈 팝콘처럼 튀어나오게 되어
있단다

화덕에 구워 쫄깃한 자음과 맑은 물에 금방 데쳐 아삭한 모음
이 뒤섞이면

수면 위를 참방거리며 비상하는 저 수많은 은빛 연어들이 되는
거야

아이야, 거무죽죽하게 말라버린 수풀을 지나 나의 아마존을 찾
아줘

너에게선 싱그러운 향기가 나고 나의 연어는 퍼석해서 먹을 수
가 없어

따스한 온도와 매력적인 습도에 내 지느러미가 말랑하게 녹아
내려

아아, 한계점에 다다른 걸까? 내 귀에 꽂힌 생동하는 너의 화
살에 홀려

나는 솔선수범하는 자세로 밥값을 내고 커피를 살 테지

—「대화의 기술」 전문

말은 사람과 한 몸이다. 아니 한 몸이어야 한다. 한 몸일 수
밖에 없다. 언제든지 필요할 때 떨어졌다 붙었다를 반복하는
기능성 관계이다. 그러니 기술이 필요하다. 단지 '말'이면 시시

하다. '나'를 확인할 방법이 없다. 시인의 관심은 '말'을 내어놓는 '입술'에 주목한다. 신기한 일이다. 오직 사람에게만 있는 '말'의 존재. 그 존재를 빤히 들여다본다. '말'을 '말' 답게 하고자 하는 욕망을 들여다본다. 그 배경에 '기술'이 배수진을 치고 있다. 입을 빌려 발설되는 욕망은 '단단한 혀뿌리에 말려들'지 말아야 하고 '치즈 팝콘'으로 튀어 올라야 한다. 그뿐 아니다. '화덕에 구워 쫄깃한 자음'이라는 표현이라든지, '맑은 물에 금방 데쳐 아삭한 모음'이라는 신선하면서 낯선 표현을 통해 질주한다. 더 나아가 '수면 위를 참방거리며 비상하는 저 수많은 은빛 연어'로 변주한다. 그러나 시인은 이내 자아와 정면으로 마주한다. '너에게선 싱그러운 향기가 나고 나의 연어는 퍼석해서 먹을 수가 없어' 하며 속상해한다. 자신이 가진 '대화의 기술'이란 고작 '따스한 온도와 매력적인 습도에 지느러미가 말랑하게 녹아내'린 '퍼석한 연어'에 불과해 참을 수 없어 한다. 이는 '따스함'과 '매력적인' 것에 끼지 못한 것만이 아니라 '생동하는 너의 화살에 홀려' 그만 속절없이 앞장서서 '밥값과 커피'를 사고야 마는 결정적 추락에 있다. 전혀 자발적이지 않은 감각적 성찰과 자아 반성이 아닐 수 없다. 상대에게 진정으로 뭔가를 자발적으로 하고 싶을 때는 문제가 다르다. 그러나 그렇지 않을 때 자조를 막지 못한다.

봄기운 물씬 담아내려 찾은 남이섬
한낮에는 따끈한 햇살이 내리쬐고 있습니다
사랑하는 이의 팔짱을 끼고 메타세쿼이아 길을 걷습니다
영화화면 속 두 개의 그림자가 만든
떨림을 재연해봅니다

꽃비가 흩날립니다
우리는 열심히 페달을 밟습니다
산들바람이 젖은 이마를 식혀줍니다
네 발과 네 개의 바퀴가 정체된 시간을 굴립니다

참새, 오리, 공작, 타조들이
손님맞이에 분주합니다
방목되어 자유스러운 그들은 누구에게나 친절합니다
찰칵찰칵 셔터 소리 지나간 뒷자리가 점차 흐트러집니다
젖먹이 아가의 배시시 웃음도
덩달아 벙글어집니다

달콤한 유희 후에 즐기는 커피 한 잔
오늘의 추억이 담긴 흑백 필름을 되돌려봅니다
나는 자작나무 숲속의 하얀 요정이 되었습니다
싱그러운 향기를 가득 훔친

내 마음이 오래도록 떨립니다

강바람이 밀어주는 유람선을 끝으로
겨우 어른이 된 내가 소풍을 마쳤습니다
나는 이제 막 세상을 향한 눈을 뜨기 시작했습니다
소녀의 눈으로 바라보았던
소소한 풍경은 이제
노련하고 정제되고 고상하게
한 발짝 더 깊어지기 시작했습니다
나는 이제 서투른 어른입니다

— 「서투른 어른」 전문

비교적 긴 풍경과 스토리를 가진 이 시는 성장통을 통해 다져지는 시간과 자아와 세계를 만나게 한다. '봄'과 '남이섬' 그리고 '메타세쿼이아 길'을 걷는 시인은 '사랑하는 이의 팔짱'을 끼고 '네 발과 네 개의 바퀴'를 굴리며 '정체된 시간'을 굴린다. 풍경과 풍경을 지나면서 또 다른 풍경 속으로 걸어 들어가는 시인은 한창 성장 중이다. 걷고 또 걸으면서 제 키를 키우고 있다. 걸으면서 만나는 시간은 지나간 시간이었고 현재의 시간이며 미래의 시간일 것이다. 지난 시간과 현재의 시간과 미래의 시간이 바퀴를 구르며 서로 앞서거니 뒤서거니하는 것이다. 지금 이 순간, 시인에게는 시간의 개념이 굳이 현재일 필요도 없고 미래일 필요도 없다. 과거와 미래가 공존하는 현재의 시간만이 오직 눈앞에 펼쳐져 있을 뿐이다. '참새, 오래, 공작, 타조' 등등의 조류와의 눈맞춤과 사진 찍으며 찰칵이는 소리, 젖먹이 아기의 웃음조차 시공간을 뛰어넘는 중이다. 풍경에 압도당했는가 하면 어느 사이 '자작나무 숲속의 하얀 요정'이 되어버리고 만다. 시공을 초월한 상황 속에서 시인은 기어이 보고야 만다. '겨우 어른'이 된 나와 마주하게 된 것이다. 진작 어른이 된 줄 알았는데 '남이섬'이라는 공간에서 비로소 알았다. 그 시간, 그 풍경이 내어주는 곳에서 마주한 '서투른 어른'을. 자아 반성은 이렇듯 힘이 세서 여전히 성장 중인 여린 등을 힘껏 밀어주기도 한다는 것을 보여주고 있다. 그것은 다음의 시에서도 확인할 수 있다.

내 발바닥은 크오
어디든 갈 수 있소

걷기에 접어들면
나는 부챗살을 흔들며

호기롭게 가죽끈을 맬 테요

먹종이 아래 밴 여행의 향기를 따라
푸르른 대양 위 갈매기의 항적을 따라
앞서거니 뒤서거니 나아갈 것이오

설화 속의 껀다리와 땅딸보
석양이 지지 않는 영원한 제국을 세운
무의식 가운데서 뜨겁게 피어난 철학자들이라오
나는 랍비들로부터 이성의 힘을 배울 테요
그것은 끌림보다 더욱 중요한 것이라오

사유가 끝나는 우기로 접어들면
나는 눈물을 담뿍 머금고
호젓하게 내 흔적을 남길 테요

내 발바닥은 견고하오
언제든 갈 수 있소

— 「걸리버의 선인장」 전문

위의 시 「걸리버의 선인장」은 시인의 공간적 상상력과 현실 인식 그리고 종횡의 상상력을 뒷받침하는 탄탄하고도 재미있는 작품이다. 시인의 성정이 어느 정도 느껴질 법하고 배짱과 넓고 깊은 안목 또한 동시에 느껴지는 작품이다. '내 발바닥은 크오/ 어디든 갈 수 있소'의 도입부에서 전제된 시인의 품은 넓고 단단하다는 것을 곳곳의 장치를 통해 알게 한다. 여기서 중요한 것은 시인이 가진 '발바닥의 크기'이다. 타고난 크기에 두둑한 배짱과 '랍비' 등 선현의 가르침을 좇아 '이성의 힘'을 배우겠다는 야무진 다짐이다. 더불어 '사유'의 힘을 통해 삶의 경계를 허무는 동시에 현실과 미래를 넘나드는 새로운 시간을 받아들이겠다는 것이다. '걸리버의 선인장'이라는 이미지를 통해 보여주고자 하는 것은 시적 자아의 강인한 미래적 시간을 보여주는 것뿐만 아니라, 상상적 세계, 설화 속 세계에서 키워낸 이성의 힘이 만들어낸 공간 이동의 감행을 보여준다. 그것은 낯설면서 익숙한 현실이 될 것이라는 시인의 굳건한 믿음이 전제한다. 모든 새로움은 익숙함을 넘어야 만나는 법이다. 시인은 이것을 잘 알고 있으며 매 순간 발 앞을 다지는 것을 잊지 않는다. 시인이 추구하는 진취적 욕망이 항상 준비되어 있음을 이 작품을 통해 다시 보여 주고 있는 것이다.

투박한 부리로 갯바위를 쩡쩡 쪼고 있노라
무두질하여 갓 펴낸 연질의 거죽 그 위에
짐은 무아지경으로 낙서를 휘갈기노라
시라는 88개의 건반을 격렬하게 두드리노니
뿌리가 억센 파피루스에도 태양이 움트는도다

제우스의 상형문자
절대적인 힘을 갖는 그것 아래에서
그대들은 무릎을 꿇고 복종하라
짐은 너희의 지배자이니라
혹독하고 관능적인 형상으로 두 눈을 멀게 하나니
감각이 아득해질수록 의식은 더욱 또렷해지리라

이로써 나의 제국을 건설하였음을 선포하노라
축배를 들라!
배반한다면, 도덕의 잣대로 너희를 심판하리니
부디 만물을 직관하라
한결 누그러진 닥종이에 주옥같은 판결을 하나니
고개 숙인 그대들의 죄악을 낱낱이 헤쳐 읊으리라

짐의 명명백백한 이름으로 이를 후세에 남기노니
민초들이여, 거울에 비친 제 모습과도 같이 여겨

짐의 수고를 두고두고 곱씹어보길 바라노라

그리하여 대륙 아티카의 밤은 더욱 깊어지리라

— 「Mrs.함무라비」 전문

이 시집의 표제작인 「Mrs.함무라비」는 아마도 시인이 지향하는 세계를 희화화해서 보여주고자 한다. 익히 알려진 오래전의 법령을 굳이 들고나온 것은 이 시대의 사람들이 오직 앞만 보고 달리거나 걷는 것에 우선 멈춤이 필요함을 말하고자 함일 것이다. 하던 일을 멈추고 큰 숨을 몰아쉬어야만 앞을 보고 살 수 있음을 우회하여 보여주고자 하는 것이다. 정해진 목표나 가치를 최대의 목표로 삼고 이 시대의 삶의 지표를 다시 바로 들여다봐야만 오늘의 '나'를 만날 수 있음을 확인하는 것이다. 현대인들이 추구하는 목표지향의 숨 가쁜 삶의 지형도 즉 보다 신속하고, 보다 정확하고, 보다 단단한 삶의 지향점과 목표는 궁극적으로 행복한 삶과는 거리가 있고 오히려 구속일 수 있다는 것도 돌아보게 한다. 오늘날 목표지향적 삶의 연속은 많은 부와 많은 이익을 창출하나 그것이 전부가 아니라는 것을 진작 알고 있으면서도 바쁘고 또 바쁜 현대인들은 선택의 여지가 없다. 하지만 잠시 발걸음을 멈추고 시간 저쪽을 돌아보는 것은 어떤가 시인은 말하고 싶다.

함무라비 법전은 기원전 1750년 전 무렵의 바빌로니아의 함무라비 왕이 제정한, 세계에서 가장 오래된 성문법, 즉 신이 내려준 법령, 법전이라는 것으로 알려진 것을 대부분 알고 있으나 그뿐이다. 오래된 옛날 법전으로만 기억되고 있는 것을 시인은 다시 들여다보고자 하는 것이다. 남성적 사고와 남성적 우위의 시대가 만들어낸 대부분의 법령은 그 배경이 태양인 경우가 많다. 변하지 않는 절대적인 자연의 강력한 에너지는 아무도 도전할 수 없는 철칙의 힘을 가졌고 절대복종을 요구한다. 시인은 이 시대에 굳이 왜 이러한 배경을 가진 '함무라비'를 소환했을까. 그것도 여성인 'Mrs.함무라비'를. 아마도 역설적인 시대의 이면을 들여다보고 싶은 건지도 모르겠다.

기차는 달리기 시작하면 좀체 뒤를 돌아보지 않아
과거에 미련을 두지 않는 탓이야
산천초목은 그의 꽁무니를 쫓는 아름다운 강아지야
달궈진 그는 흐드러진 벚꽃잎에 영 관심이 없거든

그를 흥분시키는 순간은 터널을 만나면서부터야
은둔하는 야수처럼 웅크리고 있던 암흑 덩어리는
이렇게 중얼거리며 그를 무지막지하게 집어삼키지
그래, 오늘의 요리는 바로 너란 녀석이군!

빨려 들어간 그는 마치 찌그러진 주전자 같아
머리통에선 시뻘건 증기를 뿜어내고 심장 안에선
소리 입자들이 엿가락처럼 휜 그네를 타고 있어
모두가 눈알을 까뒤집는 광란의 도가니 속이라고

앞으로 앞으로 돌격하는 시대에 태어난 나는
이토록 찬란한 무기가 또 있을지 반문하며
이 꼬부라진 통로에서 난데없이 팽이를 돌려
그것은 그를 더욱 미쳐 날뛰게 만들지만
나의 자존심은 쓰러질 듯 말 듯 돌고 돌아

찰나의 순간이 지나면 그는 다시 빛을 보겠지
역겨운 평화가 흐르는 이 도시의 길바닥에서
나는 세게, 더 굳건히 팽이를 칠 거야
그러다 보면 끊임없이 전진하는 나의 시선이
간헐적으로 그의 시선과 마주칠 날도 올 테지

놓친 승객이 있었는지 기억을 더듬거리며
자꾸만 고개를 돌리는 그 모습을 말이야

—「터널 안에서 팽이치기」 전문

작품 「터널 안에서 팽이치기」는 읽는 재미가 있다. 구어체의 긴 대화를 통해 말하고자 하는 것보다 익살과 재미와 역설과 비판이 뒤섞여 거친 시선을 망설이지 않고 쏟아낸다는 것이다. 그것은 '팽이치기'라는 팽팽한 긴장과 거친 호흡이 만들어내는 세계를 마치 팽이 돌리듯 이리저리 거침없이 현재와 미래의 시간을 이리저리 옮기고 있다. 시인이 보아낸 현재라는 세계는 대체로 앞과 뒤로 펼쳐지나 앞으로만 내달리는 방향성에 속도를 내게 한다. 이동 수단인 '기차'라는 강력한 동력을 가진 세상은 이에 가장 부합하는 세상이다. 그러나 기차는 어둠만이 존재하는 세상인 터널 안에서는 팽이가 되어버린다.

도입부에서 '기차는 달리기 시작하면 좀체 뒤를 돌아보지 않아/ 과거에 미련을 두지 않는 탓이야'라고 단정한 시인은 곧 기차를 붙좇으며 몰아세운다. '그를 흥분시키는 순간은 터널을 만나면서부터야…그래, 오늘의 요리는 바로 너란 녀석이군!' 하고 입을 크게 벌리는 것이다. 아마도 시인이 보아낸 세상은 이와 비슷한 속도와 굉음과 어둠이 아닐까 여겨지기도 하는 대목이다. 한편으로는 '빨려 들어간 그는 마치 찌그러진 주전자 같아…모두가 눈알을 까뒤집는 광란의 도가니 속' 이라는 것을 소리치고 싶은 것인지도 모른다. 그뿐 아니다. '앞으로 앞으로 돌격하는 시대에 태어난 나는/ 이토록 찬란한 무기가 또 있을지 반문' 하기도 한다. '역겨운 평화가 흐르는 이 도시의 길바닥에서/나는 세계, 더 굳건히 팽이를 칠 거야' 를 다짐하며 잃어버린, 잃어버릴지도 모를, 아니, 어쩌면 어디 있는지조차 모를 '나' 를 찾아 끝없이 '팽이' 를 돌려야 할지도 모를 불안함에 내몰려 있다는 것을 소리치고 싶은 것인지도 모른다. 시인은 발밑의 세계를 깊이 들여다본다. 여전히 기차가 달리고 팽이가 돌아가는 지상의 평화를 향해 시선을 두고 싶은 것이다. 앞이 보이지 않는, 길고 긴 어둠 속 터널과도 같은 세상과 마주하면서 팽이를 치기를 멈추지 않고 싶은 것이다. '역겨운 평화가 흐르는 이 도시의 길바닥' 이라는 거친 표현을 통해 멈추지 않고 '나는 세계, 더 굳건히 팽이를 칠 거야' 다짐하고 또 다짐하는 것이다. '그러다 보면 끝없이 전진하는 나의 시선' 을 만날 것이고 나를 받아들이는 '그의 시선' 과 마주칠 날이 올 것이라는 희망을 만날지도 모를 일이므로.

내 얼굴은 반듯한 조약돌입니다
그대의 여울진 곳에 머물러 숨을 고르오니
물수제비 참방 뜨러 내게 오세요

내 목소리는 쌉싸름한 쓰르라미입니다
그대 빈 고목에 올라 목청을 가다듬으니
창밖 늦여름을 만끽하러 내게 오세요

내 마음은 방울방울 비누 거품입니다
그대 타버린 응어리 속 한가운델 씻으오니
묵은 재를 아낌없이 털고 내게 오세요

순수한 이 내 품으로 어서 오세요

                    ―「순수의 시대」 전문

 '내 얼굴은 반듯한 조약돌입니다'로 시작하는 작품 「순수
의 시대」는 시인의 또 다른 소망을 잘 드러내는 작품으로 '조
약돌', '쓰르라미', '비누 거품'으로 자아의 변모를 가져온다.
'반듯한'이라는 형용사를 통해 자아 마주 보기를 통해 '조약
돌'에서 '쓰르라미'로, '비누 거품'으로 이행하는 자아의 변모

는 시인이 추구하는 세계의 또 다른 희망적 양상을 확인할 수 있게 한다. 각을 벗어버린 동글동글한 조약돌과 특유의 울음소리를 통해 한때의 삶의 진한 여운을 확인하는 '쓰르라미'도 그렇지만 고체에서 형체 없이 거품이 되어 사라지는 '비누'의 존재를 '자아'의 근간을 두었다는 것은 시인이 추구하는 '순수'의 세계 그 자체일 지도 모른다. 그것은 시인이 궁극적으로 가닿아야 하는 이상, 즉 유토피아적 세계일 수도 있을 것이다.

어느 날, 나는 머리를 베어 버렸다
잘려나간 머리가 침묵하는 가운데
남아있던 허리가 호통을 쳤다
어쩌자고 머리를 베었는가? 내 머리를 가져오너라

나는 대답했다
생각의 밀도가 하도 오밀조밀하여 견딜 수가 없어요
자고로 머리는 차가워야 한다지요

또, 어느 날은 팔을 베어 버렸다
덜렁거리던 두 팔이 고요를 되찾은 가운데
좌우로 걷던 두 다리가 동요하기 시작했다

이것 봐, 다음 차례는 우리가 틀림없어!

엉엉 우는 다리를 향해 나는 말했다
팔이 저렇게 된 것은 대단히 유감입니다
그러나 성가신 그들이 자꾸 태양을 가려버리죠
가슴은 그 자체로 오롯이 뜨거워야 한답니다

마지막 순서로 두 다리를 깎으면서
나는 배꼽에게 인사를 건넸다
드디어 완성이 되었어요
어때요, 마음에 드나요?
배꼽, 아이가 묻는다
저기, 왜 나는 그대로 두나요?

나는 웃으며 말을 이었다
응, 그건 네가 숨결이니까

—「토르소」 전문

　그러나 시인은 다음 행보에서 세계를 뒤집어 버린다. 가지고
있는 것을 다 비우기로 작정한 것처럼 거침없는 행동을 보여주

고 있다. '어느 날, 나는 머리를 베어 버렸다'로 시작하는 작품 「토르소」는 거침없고 과감하며 단정적인 현실 한 가운데 서 있는 '나'를 전면에 내세우고 있다. 조각의 한 양상인 '토르소'를 마주하며 시인은 자아를 동일화하고 있다. 오늘날 계층 간의 갈등의 심화와 대립 그리고 온갖 갈등의 현실에서 마주할 수밖에 없는 무기력한 '나'를 시니컬하게 보여준다. 그것은 시적 자아가 스스로를 과감하게 잘라버리는 행위를 통해 극단이고도 대립적 양상을 가져오게 한다. '통시적 고립'과 '공시적 고립'을 통해 극한 변모를 꾀하고자 하는 것이다. 이는 이전의 것을 버려야만 새로운 나를 만날 수 있다는 것을 보여주기 위해서이다. 이전의 '나'가 전제된 자기 인식의 한계에 봉착한 자아가 기어이 선택할 수밖에 없다는 것을 과감하게 보여줌으로써 얻어지는 결과일 것이다. 극단적 행위를 도입부에서부터 '베는' 행위를 통해 변모를 꾀하고자 하는데 매우 의도적이라는 것도 숨기지 않는다.

대체로 최수진 시인은 현실을 회피하거나 숨거나 모르는 척하지 않는다. 오히려 대상을 있는 그대로 두면서 그 안에 펼쳐진 세계를 적극적으로 마주하면서 대상화한다. 낯선 시어들과 대상의 충돌을 야기하고 대상에 내재한 세계를 거침없이 펼쳐 보인다. 그것은 시편 곳곳에 낯설게 배치되어 존재의 의미를 새롭게 부각하는 상호작용을 일으켜 주는 강점을 갖는다. 자아

마주하기의 시인 특유의 거침없고 유창한 구어체적 언사와 상상력을 동원해 행간과 의미를 건너뛰거나 함몰시키는 것도 망설이지 않는다는 것이다.